UNE
BAGARRE SANGLANTE

—————— o ——————

Il est superflu d'entrer dans les détails de la bagarre politique dont Maurs fut le théâtre en juillet dernier.

Rappelons seulement qu'après la victoire si ardemment disputée du Docteur Fesq, sur l'armée des mouchards, des tyranneaux, des sectaires et des quémandeurs, le canton de Maurs résolut d'offrir un banquet au nouveau Député d'Aurillac.

La date du 10 Juillet 1910 fut choisie ; elle fut adoptée aussi par M. Fel, maire de Maurs, pour célébrer la fête du 14 juillet.

La simultanéité des deux banquets ne fut pas, grâce au nombre imposant et à la modération des partisans de M. Fesq, une cause de trouble. Mais, une agression spontanée et brutale de M. Fel, maire de Maurs, déchaina rixe violente. Ce fait capital a été établi par l'enquête et retenu ensuite par le tribunal à la charge de M. Fel.

Les journaux ont narré l'effroyable mêlée : Madame Fel, mère, distribuant des couteaux, les agresseurs s'armant de fers à chevaux, de limes et autres objets dangereux, des hommes tombant assommés et portés dans les pharmacies ; ceux-ci le visage tuméfié et ensanglanté ; ceux-là jetés à terre et piétinés lâchement ; des cris d'épouvante jetés par les femmes et les enfants ; bref une scène de sauvagerie comme il ne s'en vit jamais dans notre département.

Un grand nombre de victimes déposèrent plainte au Parquet d'Aurillac. Une enquête fut aussitôt ouverte ; mais la presse demanda avec force que cette enquête ne fut confiée ni au juge de paix, ni à la gendarmerie de Maurs, dont l'attitude, comme on le verra, fut scandaleuse. Trois juges d'instruction entendirent successivement les nombreux témoins et les nombreuses victimes de la bagarre.

Après 8 mois d'information, l'affaire fut appelée à l'audience du 11 mars 1911.

Le nombre des inculpés s'élevait à onze : d'une part, M. Fel et huit de ses amis (Contensou, Boudou, Senilhes, Canet, Couffin, Battu, Roques, Gentie et Marie Lissorgues) ; d'autre part, MM. Louis Bos et Louis Lalon.

L'AUDIENCE

Pour la première fois peut-être depuis qu'ils ont porté les coups dont ils vont répondre devant la justice, les amis de M. Fel et M. Fel lui-même soupçonnent l'existence d'un pouvoir supérieur à leur coterie insolente ; pour la première fois, le sentiment des responsabilités encourues les pénètre. Assis penauds au banc des accusés, ils semblent comprendre, enfin, que les brutes, fussent-elles armées et commandées par un chef tel que M. Fel, ne sont pas, dans notre société, les maîtres définitifs de la rue et que ceux qui frappent leurs semblables sont des gens méprisés de l'opinion et punis par la loi.

Le nombre des témoins est considérable : 57.

Les avocats sont Mᵉˢ Faure et Meyniel pour M. Fel et ses amis ; Mᵉ Edgard Maziol pour Louis Bos et Louis Lafon.

M. Chadefaux, préside.

Prestement, il ouvre les débats par l'audition des témoins.

LES TÉMOINS

Lafon Louis, cordonnier à Maurs. — Avez-vous vu un révolver à la main de Roques ?

R. — Je l'ai vu lever la main. J'ai cru qu'il avait un revolver.

Clos Louis a vu le revolver. Il dit à Roques de le cacher. Celui-ci lui répondit : *Je n'en veux pas aux gens de Maurs, mais à ceux d'Aurillac. Si quelqu'un me touche je le mets froid.*

Le Dʳ *Miquel* n'a pas assisté au début de la bagarre. Il a vu un homme agitant un revolver : C'était un sieur Roques. Le docteur Miquel l'a signalé à un gendarme qui lui répondit qu'il n'y pouvait rien. Le spectacle a duré plus de dix minutes.

Girard Claudius, maréchal des logis, 47 ans. N'a pas assisté au début de la bagarre, mais il s'y attendait. Il est venu sur les lieux parce que prévenu. Il n'y avait pas longtemps que la bataille avait commencé. Il a séparé les combattants, les a renvoyés d'un côté et d'autre.

D. — Avez-vous vu quelque chose ?

R. — Au sujet des inculpés, je n'ai remarqué personne. (C'est scandaleux qu'un chef de brigade, présent à une bagarre dont il connait tous les auteurs, oser déclaré qu'il n'en a reconnu aucun.) J'ai saisi une canne et c'était un manche de parapluie.

D. — C'était la canne à Coufflin ?

R. — Non.

Me Faure. — Depuis combien de temps le témoin habit-il Maurs ?

R. — Sept ans.

Me Faure. — Chaque année fête-t-on le 14 juillet à Maurs?

R. — Oui, mais à la date du 10 juillet.

Me Maziol. — M. Girard n'a-t-il pas félicité M. Bos de son attitude dans une circonstance où Louis Bos voulait empêcher ses amis de manifester ?

R. — Oui, un jour que les partisans de M. Fesq voulaient planter un arbre.

Me Maziol. — Avez-vous vu Bos dans la bagarre ?

R. — Je n'ai fait attention à personne.

Me Maziol. — Le brigadier n'a-t-il pas eu une altercation avec le Capitaine Cordonnier ?

R. — Oui.

D. — Que vous a-t-il dit ?

R. — Canaille, voyou, assassin.

Je me suis retiré. C'était un ancien militaire.

M. le Président. — Il s'adressait sans doute à ceux qui avaient frappé ?

R. — Probablement.

Le capitaine Cordonnier n'étant pas là, lecture est donnée de sa déposition. Le Capitaine Cordonnier blâme sévèrement l'inaction de la gendarmerie pendant la bagarre. M. Cordonnier dépose notamment qu'ayant été frappé deux fois et les deux fois le sang ayant jailli abondamment, les gendarmes refusèrent d'intervenir bien qu'ils fussent à un pas du blessé.

Calvinhac, gendarme, a séparé les combattants aussi ; mais il ignore les noms de ceux qu'il a séparés.

D. — Avez-vous vu les prévenus ?

R. — Je n'ai remarqué personne. (Tous atteints de la cataracte, ces singuliers gendarmes.)

D. — Avez-vous vu Louis Bos ?

R. — Je ne me rappelle pas.

Mᵉ Maziol. — Voyons, M. Louis Bos vous a rencontré, vous a parlé, vous a supplié de venir séparer les combattants et vous ne vous souvenez de rien ?

M. Calvinhac. — Non.

Mᵉ Maziol (en revenant à sa place) : — Sourds, aveugles et amnésiques, voilà les gendarmes de Maurs !

Duché Jean-Gabriel, d'Aurillac. — A vu Mme Fel, mère, qui discutait avec animation. C'était le 10 juillet vers 4 h. Il s'approcha. Aussitôt, M. Fel sortit, s'élança sur lui et lui donna un coup de poing. Son lorgnon tomba. Mme Fel, mère, survint et lui tomba dessus à coups de parapluie. Deux hommes l'imitèrent. Il fut malmené. Il fut même jeté à terre.

D. — Combien avez-vous reçu de coups de poing ?

R. — Deux de M. Fel.

D. — Avez-vous donné des coups ?

R. — Non, on m'en a empêché. Puis au deuxième coup de poing je suis tombé à la renverse.

Mᵉ Faure. — Le témoin n'a-t-il pas déclaré à la gendarmerie que Mᵐᵉ Fel regardait par l'entrebaillement de la porte ?

R. — Je n'ai jamais été interrogé par la gendarmerie.

D. — Où était le témoin quand M. Fel l'a frappé ?

R. — Je me dirigeais vers la maison Fel.

D. — Combien y avait-il de personnes quand M. Fel a frappé le témoin ?

R. — Très peu.

D. — Le témoin a-t-il vu quelqu'un menacer Mme Fel ?

R. — Non.

D. — Avez-vous entendu des injures ?

R. — Oui, mais je ne puis préciser

M. le procureur. — Où étiez-vous quand vous avez aperçu M. Fel ?

R. — Sur la moitié droite de la chaussée.

D. — L'avez-vous menacé ?

R. — Non, je n'en aurais pas eu le temps tant son attaque fut soudaine.

M° Faure. — Le témoin a dit que M. Fel avait frappé avant lui un homme qui passait dans la rue. Maintient-il ces termes ?

Le témoin. — Oui.

M. le procureur. — Au moment où Fel vous a frappé, à quelle distance étiez-vous de Mme Fel, mère ?

R. — A une dizaine de mètres. Elle était devant la porte de son magasin, sur le trottoir.

M. le Procureur. — Mme Fel courait-elle quelque danger?

R. — Aucun.

Lecture est donnée du certificat médical relatif à la blessure constatée sur M. Duché.

Calvet Michel, plâtrier à Aurillac, a vu Mme Fel qui discutait avec quelques manifestants ; a vu Fel sortir et se précipiter sur Duché. C'est lui qui a relevé ce dernier tombé sous la violence de l'attaque de Fel. C'est lui qui a ramassé également le lorgnon de Duché.

D. — M. Fel était-il seul ?

R. — Non. Il avait 4 ou 5 amis avec lui. Tous sont tombés sur Duché.

D. — M. Fel a-t-il touché quelqu'un avant Duché ?

R. — Non.

D. — Il a frappé avec le poing ?

R. — Oui.

D. — Combien de fois ?

R. — Une. Mais les autres ont frappé aussi.

Bouniol Jules, industriel à Aurillac. — Après le banquet du 10 juillet, il a suivi le cortège. A vu M. Fel sortir de chez lui et courir le poing tendu vers quelqu'un, mais ne l'a pas vu frapper.

M⁰ Faure. — A quel moment de la bagarre le témoin est-il arrivé ?

R. — Ça venait de commencer. On se donnait des coups à droite et à gauche. Je me portais vers le lieu de la bagarre lorsqu'un gendarme m'arrêta en étendant les bras en croix. Un peu plus tard je réussis à approcher des combattants

D. — Connaissez vous quelqu'un à Maurs ?

R. — Oui.

D. — Avez-vous reconnu quelqu'un ?

R. — Non.

D. — Vous avez été frappé ?

R. — Oui, deux individus se sont placés près de moi : l'un à gauche, l'autre à droite. L'un d'eux m'a saisi au cou en me demandant pour qui j'étais.

— Pour la paix, le calme, ai je répondu. Les coups ne prouvent rien.

L'individu me lâcha pendant que l'autre me portait un coup de poing que je parais avec mon parapluie. Le parapluie me fut enlevé et je le vis, peu après, aux mains de M᷃ᵐᵉ Fel, mère, qui frappait à tort et à travers. On m'a soulagé aussi d'une épingle de cravate. (Hilarité)

Le témoin fait sa déposition avec humour et met tout le monde en gaîté.

M. le Président. — Les plus sombres drames ont leurs épisodes joyeux.

M. Bouniol dit encore qu'un gengarme lui a tenu le propos suivant: « Si vous n'étiez pas venu, vous n'auriez pas reçu de coups ».

Rouquier Camille, de Saint-Etienne. — Il était chez M. Fel. A vu les manifestants arriver devant les magasins de

M. Fel. Il prétend que Mme Fel a été entourée par les manifestants et menacée Il eut peur pour elle et pour lui. M. Fel voyant cela, sort, se place entre les manifestants et sa mère. Les poings se tendent. M. Fel frappe le premier un porte-drapeau, croit-il, mais il n'en est pas sûr. Voyant M Fel en danger, il courut à son secours.

D. — M. Fel a t il été frappé ?

R. — Je ne pense pas. Les coups lui ont passé au-dessus des épaules.

D. — Où était Fel lorsqu'il a frappé ?

R. — Près de sa mère, sur le trottoir.

Et les manifestants ?

R — Près de Mme Fel. Leurs gestes de menaces atteignaient presque son menton.

Mᵉ Maziol — Vous avez dit que vous aviez vu les manifestants se séparer en deux groupes devant le café Vanel, après s'être concertés ; vous ayez dit, d'autre part, que vous étiez resté pendant le commencement de la bagarre à l'intérieur du magasin Fel. Comment expliquez vous que de chez Fel, étant dedans, vous avez vu tant de choses au dehors, et d'un point d'où on ne pouvait les apercevoir? (hilarité).

Le témoin s'embarrasse et répond d'une manière inintelligible.

Jules Bouquier, expert à Boisset. — J'ai assisté au début de la bagarre. Au retour du banquet, une partie de la colonne, dont j'étais, se rendit au café Vanel, voisin de la maison Fel et sur le même alignement. Les manifestants occupaient toute la largeur de la rue Quelques uns, au nombre de 10 à 15, s'avancèrent vers la maison Fel. Mme Fel, mère, s'y trouvait. Elle était sur le trottoir devant sa porte et de là narguait les manifestants les plus rapprochés d'elle. Ces derniers et Mme Fel échangeaient des injures que je n'ai pas retenues Soudain Fel sortit précipitamment, courut sur les manifestants et frappa Duché au visage d'un violent coup de poing.

Le président. Combien de coups Fel a-t-il porté à Duché?

R — Un seul.

D. — Est-ce que Duché gesticulait ?

R. — Non.

D. — Menaçait-il quelqu'un ?

R. — Non.

D. — Quelle était l'attitude de Mme Fel ?

R. — Elle avait l'air goguenard

D. — Était-elle en danger ?

R — Oh! non. Elle invectivait un groupe de manifestants, mais c'était tout.

D. — Vous avez bien tout vu ?

R. — Oui. J'étais sur le trottoir.

D. — Au moment où M. Duché a été frappé, combien y avait-il de personnes ?

R. — Plus de quarante.

Me Faure. — Le témoin a déclaré que la rue était noire de monde sur cinquante mètres.

R — Mais les manifestants étaient divisés en 2 groupes.

M. le procureur. — Quand Fel a frappé Duché, à quelle distance était-il de sa mère ?

R. — A deux ou trois mètres.

Me Maziol. — Le témoin a-t-il vu Louis Bos dans la bagarre?

R. — Oui, quand la bagarre était commencée.

D. — Qu'avait-il à la main à ce moment là ?

R. — Rien du tout. Il prêchait le calme.

Cassan Antoine, cultivateur à Maurs. — Il a été frappé par Lafont de trois grands coups qui l'ont renversé contre le trottoir.

Joseph Bos, le marchand de journaux, l'a frappé aussi, mais après Lafont, il lui a dit: « Ah! cochon, tu tiens ton affaire ».

D. — Avec quoi Lafont vous a-t-il frappé ?

R. — Oh! il avait quelque chose de bien dur.

Lecture est donnée du certificat médical relatif aux blessures du témoin. Deux blessures au cuir chevelu faites apparemment avec un instrument tranchant.

Me Faure. — Certaines personnes ont dit que Contensou avait frappé Cassan. Est ce vrai?

R. — Non. C'est un ami à moi. Il n'y a rien de si faux.

Maurs Antoine, épicier, était devant son magasin quand eut lieu le rassemblement Il a vu Lafont frapper Cassan. Il a transporté celui-ci chez le pharmacien.

D. — Lafont avait-il quelque chose à la main?

R. — Je n'ai rien vu.

D. — Il a frappé fort?

R. — Oui, puisque Cassan est tombé.

D. — Avez-vous vu Contensou frapper Cassan?

R. — Non.

Me Maziol. — Où Cassan est il tombé?

R. — Sur le trottoir.

Carrière Léon, 16 ans, écolier à Maurs, a vu Lafont frapper Cassan qui est tombé sur le coup

D. — Vous êtes affirmatif?

R. — Oui.

D. — Il ne faudrait pas commencer votre existence par un mensonge?

D. — Lafont avait-il quelque chose en main?

R. — Oui, quelque chose de large et de plat.

Me Maziol. — Etiez-vous près de Cassan quand le coup a été porté?

R — A un ou deux mètres.

Espeisse Paul, 14 ans, écolier, ne prête pas serment à cause de son âge, mais certifie que Lafont a donné un coup sur la tête à Cassan. Lafont avait en main un objet noirâtre, mais il ne peut pas certifier ce que c'était.

D. — Vous êtes sûr qu'il avait quelque chose?

R. — Oui, et ce quelque chose avait une partie brillante.

M⁰ Maziol. — A quelle distance était le témoin, de Cassan, lorsqu'il a été frappé ?

R. — A une dizaine de mètres.

Marie Sors, V⁰ᵉ Caze. — D. — Qu'est ce que vous faites?

R. — Rien, je me promène! (On rit).

Elle certifie que Lafont avait un instrument en main quand il a frappé Cassan. Elle l'a vu, de ses yeux vu (?) C'é·tait un tranchet de cordonnier, elle le jure

D — Combien a t il frappé de fois?

R. — Une seule.

M⁰ Maziol. — Le témoin n'a t il pas déclaré à Mme Joseph Bos qu'elle n'avait pas vu le tranchet?

R. — Oh ! non, je n'ai jamais dit cela.

Piganiol Eugénie, femme Bac. — Comme elle conduisait son frère qui était tout couvert de sang, elle a reçu deux coups de parapluie de M. Louis Bos, les coups étaient destinés à son frère, mais c'est elle qui les a reçus.

D. – Vous êtes bien certaine que c'est Bos qui vous a frappée ?

R. — Oh ! oui.

D. — Vous êtes bien certaine que c'est avec un parapluie que vous avez été frappée?

R. — Oh! je le crois bien.

Piganiol Joseph, cultivateur, 48 ans — Ce témoin étant resté dans la salle, au lieu de se retirer, est entendu à titre de renseignement, sans prêter serment.

Il s'est rendu sur le lieu de la bagarre. Là, il a dit : « Il ne faut pas se battre, mais rester tranquille » Aussitôt, il a été frappé.

D. — Pourquoi ?

R. – Oh ! je ne sais pas.

D. — Quelqu'un a t il vu le témoin en sang ?

R. — Oh ! oui, plus de cinquante personnes.

D. — Avez vous vu Louis Bos ?

R. — Oui, à deux ou trois pas de moi.

D. — Avez vous vu Bos frapper quelqu'un ?

R. — Non.

D. — Que disait il?

R. — Il criait : « A bas Fel ».

Canet Pierre, aubergiste à Maurs, 50 ans. — A vu la bagarre ; un grand paysan a lancé une gifle à M. Fel qui se trouvait devant sa porte. (Or, Fel a dit et écrit que personne ne l'avait touché !)

D. — L'a t-il touché ?

R. — Ah ! je ne sais pas.

Le témoin a vu également « Louis Bos qui se battait avec un bâton ».

D. — Qui frappait-il ?

R. — Oh! je ne sais trop. Il y avait quelqu'un qui m'empêchait de voir, mais il frappait avec un bâton, au coin de la halle, à 15 ou 20 mètres de ma maison.

Devéze Benjamin, instituteur à Quézac, se trouvait au café Delmas, vers 5 heures, après la bagarre. Il a vu M. Bos qui rentrait chez lui, une canne à la main, genre alspenstock, à pointe ferrée, à poignée recourbée.

M. Bos paraissait très surexcité. Il avait les cheveux en désordre.

Me Maziol. — C'est une impression de témoin.

M. le Procureur. — Aviez vous déjà vu Bos avec une canne ?

R. — Non, jamais.

Flége Sylvain, journalier, 38 ans. — Il était en tête de la manifestation. Il a porté le drapeau, mais l'a cédé à un type qu'il ne connait pas parce que le manche déteignait.

A un moment donné, a vu Fel sortir de chez lui d'un grand bond et s'élancer vers un type pour lui envoyer un coup de poing.

D. — Quand vous êtes arrivé devant la maison Fel, que disiez vous ?

R. — On chantait mais sans offenser personne. Je n'ai jamais entendu crier : « A bas personne ».

D. — Vous avez bien vu M. Fel frapper ?

R. — Oh ! oui, un monsieur qui avait des lunettes, à 2 mètres à gauche de moi. Puis M. Senilhes Joseph s'est élancé sur moi et m'a frappé par deux fois. Je suis tombé, entraînant ma pauvre mère. J'ai été trépigné par terre.

D. — Par qui ?

R. — Par Senilhes et par d'autres.

D. — Lesquels ?

R. — Un nommé Roche, mais il n'est pas là.

D. — Quand vous êtes arrivé chez Fel, étiez-vous silencieux ?

R. — Oh! non, chacun était content de sa journée, mais... (on rit).

Chapsal Pierre, portefaix à Aurillac, n'a vu que la fin de la bagarre. Il était au café quand on est venu lui dire qu'on assassinait le capitaine Cordonnier. Il est sorti aussitôt.

D. — Vous avez vu frapper le capitaine Cordonnier ?

R. — Oui.

D. — Par qui ?

R. — Je ne sais.

D. — Et vous, avez vous été frappé ?

R. — J'ai reçu deux coups de couteau sur la tête. Ils étaient quinze contre moi. J'ai été renversé par terre et on m'a porté à la tempe un coup de botte. C'était une boucherie, un assassinat.

D. — Mais qui vous a frappé ?

R. — Ceux de Maurs. Je ne les connais pas.

Réniac Jean-Léon, docteur en médecine. - Était à Maurs, au banquet. — N'assista pas au commencement de la bagarre, mais il a vu un homme par terre. Il s'en est plaint au brigadier de gendarmerie qui lui a répondu : « Si vous étiez resté Aurillac, ça ne serait pas arrivé. »

Il a vu le capitaine Cordonnier, par terre, ensanglanté.

Un habitant de Maurs lui a dit : « Ah! c'est toi le fameux Réniac? On pourrait bien t'en faire autant. »

D. — Le reconnaîtriez vous, celui qui vous a dit cela?

R. — Je crois que oui.

D. — Regardez les inculpés.

Le docteur Réniac se retourne et désigne comme l'auteur de ce propos, le nommé Senilhes.

D. — L'avez-vous vu frapper quelqu'un?

R. — Oui.

Galtayrie Léonie, femme Labrunie. — Elle a reçu un coup de poing sur la face. Elle affirme que c'est Senilhes qui l'a frappée. Il avait déjà frappé son mari.

D. — Vous en êtes bien sûre?

R. — Oh! oui. Senilhes était surexcité. Pour me donner un tel coup, il fallait être fort. J'ai été marquée pendant 3 semaines.

Il est midi, l'audience est suspendue et sera reprise à 2 heures.

Audience du soir

L'audience est reprise à 2 h. 10.

Le maréchal des-logis Girard Claudius, demande à être entendu à nouveau sur la déposition du docteur Réniac. «Je tiens, dit-il, à ce que tout le monde sache que la déposition du docteur Réniac est fausse. »

La parole lui est retirée (Sensation).

Cet étrange agent de l'autorité s'est fait ainsi son propre juge. On voit par son attitude vraiment étonnante le degré d'autorité que méritent les affirmations de M. Girard.

Lagranerie Martin. — On est venu me dire : «On se tue». Je cours à la bagarre. Je rencontre Contensou qui me dit : « Ne t'avances pas ». Au moment même, Boudou me frappait avec la hampe du drapeau; un autre me donnait des coups de poing avec un morceau de fer et je fus abattu sans connaissance. Le dimanche 17, Battu a reconnu qu'il m'avait frappé quand j'étais à terre.

Le lendemain de la bagarre, Canet Antoine a crié quand il passait : «Sans cette bande de canailles, çà ne se serait pas passé comme ça ».

D. — A qui s'adressait-il ?

R. — Ah ! je ne sais pas.

D. — Coulfin vous a-t-il frappé ?

R. — Je ne l'ai pas vu.

Lecture est donnée du certificat médical constatant une plaie à la tête de 3 centimètres.

Lafont Louis, pharmacien, 56 ans. — Je ne sais rien au sujet de la bagarre, mais en l'absence de médecin, j'ai soigné Lagrancrie Martin et Labrunie. L'un avait deux blessures à la tête, l'autre au temporal gauche. Ils étaient dans un état de prostration assez grand.

D. — Ont ils été frappés avec le poing ?

R. — Un coup de poing ne pouvait faire de telles blessures.

Montin Antoine, cultivateur à Maurs. — J'ai vu M. Fel donner un coup de poing à un monsieur que je ne connais pas. '

D. — Le coup de poing a-t-il fait tomber le monsieur ?

R. — Non, mais un peu plus tard, Cassan tombe à mes pieds ; je le relève et Contensou, par erreur, lui donne un coup de bâton. Je l'ai porté chez M. Lavergne. Puis, comme j'avais perdu mon chapeau, je suis revenu sur le lieu de la bataille où j'ai vu le nommé Chapsal par terre. Le maréchal-des-logis, comme je me plaignais, me répondit que cela ne le regardait pas.

Le dimanche suivant, comme j'étais au café, un type a déclaré qu'il avait frappé quelqu'un d'Aurillac avec un couteau.

D. — Quel était ce type ?

R. — Je ne le connais pas.

D. — Le reconnaîtriez-vous ?

R. — Non.

D. — Retournez vous et regardez.

Le témoin regarde les inculpés et s'écrie : « C'est le soldat ». (On rit).

D. — Aviez vous été à l'un des banquets ?

R. — Oui, au banquet du député.

D. — Aviez vous bu ?

R. — Non. Si j'avais eu un verre dans le nez, j'aurais attrapé des coups comme les autres.

L'aubergiste Canet dit le contraire. Il n'était pas ivre complètement, mais entre deux vins. Il l'a vu chez lui.

Le témoin proteste.

Labrunie François, 42 ans, menuisier à Maurs. — J'étais au banquet du député quand j'ai appris que l'on se battait devant la maison de M. Fel. J'y fus pour mettre la paix. Alors, Contensou, Boudou, Canet, Senilhes, me frappèrent à la tête. Je rentrai chez moi et je trouvai Lagranerie blessé.

D. — Avec quoi avez-vous été frappé ?

R. — Senilhes m'a frappé avec un morceau de fer. Les autres n'ont fait que me bousculer.

D. — Couffin vous a-t-il frappé ?

R. — Non. Mais deux jours après, je rencontrais Senilhes, qui avoua m'avoir frappé et qui déclara qu'il était prêt à recommencer.

Céline Philippot, *femme Bos*, épicière, 31 ans, c'est la belle-sœur de Louis Bos. — J'étais, dit elle, à la maison quand j'entendis du bruit. Je sortis et je vis Mme Fel mère, distribuer des couteaux enveloppés dans du papier gris. Quelques minutes après, M. Couffin frappait M. Lagranerie, qui était à terre, avec un manche de parapluie qui avait l'air d'une canne à lance.

D. — Avez-vous vu Contensou et Granet frapper ?

R. — Non

Prat Louis, 18 ans, sabotier à Maurs. — J'ai été au banquet Fesq. On est venu me dire que l'on se battait. J'ai vu Senilhes qui donnait un coup de poing à Labrunie et à sa femme. J'ai également entendu, quelques jours après, Battut dire que le jour du banquet il avait donné un coup de couteau à un type d'Aurillac.

Caumon Justin, sabotier à Maurs, 70 ans. — J'ai vu les manifestants se diriger vers le magasin de M. Fel comme pour le prendre à l'assaut, de pied ferme, avec des drapeaux. C'est tout ce que je sais.

Laferrière. — J'étais chez M. Fel, avec Mme Fel, à la porte. J'ai vu les manifestants s'avancer, en criant et en disant des injures à Mme Fel.

D. — Que disaient-ils ?

R — « Tas de vendus ». Les manifestants se sont avancés vers Mme Fel et l'ont menacée.

M. le Procureur. — L'avez vous protégée ?

R. — Je n'ai pas bougé de place.

D. — Qu'a fait M. Fel ?

R. — Il est sorti. Il a vu des poings s'avancer vers lui, il a donné une gifle.

D. — Avez-vous vu Loui... os ?

R. — Non, monsieur.

Fel Jean, 27 ans, cultivateur au Cros, commune de Leynac. — Je me trouvais chez Fel, quand tout à coup je vis une foule de manifestants se diriger vers Mme Fel, la menaçant. M. Fel est sorti et comme les poings le menaçaient, il a donné deux gifles. Nous nous sommes précipités au secours de M. Fel avec l'intention de lui sauver la vie. (Rires).

Me Maziol. — Quel ton ! Messieurs ! nous sommes émus!

D. — Avez-vous vu Louis Bos ?

R. — Oui, monsieur.

Mme Fel Alphonse, née Fallières, 26 ans, à Leynhac. — J'étais dans le magasin de Mme Fel, quand la foule est arrivée la menaçant, l'injuriant.

D. — Quelles injures ?

R. — Toutes sortes d'injures et on tendait le poing vers elle. J'eus bien peur ! pour elle et pour moi. M. Fel a couru au secours de sa mère et a donné une gifle au porte drapeau. Nous courûmes à lui pour lui sauver la vie (Rires).

Rieu Antoine, cultivateur à St-Constant. — En entendant du bruit, je suis sorti et j'ai vu Lagranerie tomber sous le coup de bâton d'un individu d'Aurillac.

D. — Avez-vous vu Louis Bos ?

R. — Non.

Veyres Paulin, 35 ans, cultivateur à St Santin.— En sortant du banquet Fel, j'ai été au café avec Canet et d'autres. Tout à coup, on entendit une voix qui criait dans la rue : « Il y a bagarre !»

Je suis sorti et j'ai été voir ce qui se passait, pour l'aller raconter à Canet et à Rieu qui étaient au café.

Me Maziol. — Le témoin a-t il vu Louis Bos ?

R. — Oui, au coin de la maison Fel. Il faisait des gestes ; il avait une femme au bras. Je crois que c'était la sienne. (Rires).

D. — Avez-vous vu Louis Bos frapper quelqu'un ?

R. — Non.

D. — Avait-il une canne ?

R. — Non.

Leybros, cantonnier à Quézac. — J'ai vu qu'on donnait un coup à Lagranerie, mais j'ignore qui. Il est tombé tout de suite. Il ne bougeait pas.

Me Faure. — Avez-vous vu Boudou, Canet, etc., autour de Lagranerie ?

R. — Non.

Robert Pierre, 18 ans, cultivateur. — Je suis arrivé au début de la bagarre. J'ai vu les manifestants arriver, menaçant Mme Fel. J'ai vu tout de suite que ça sentait mauvais. M. Fel est descendu pour défendre sa mère. J'ai bien eu peur pour elle.

D. — Et qu'avez vous fait ?

R. — Je suis resté à la porte.

D. — Avez-vous vu Louis Bos ?

R. — Non.

Brille Louis, 18 ans, sans profession, locataire à la Mairie de Maurs. — Les manifestants lui ont donné un coup de pied. Couffin a reçu un coup de parapluie.

D. — Avez-vous quitté Couffin ?

R. — Non.

D. — A-t-il frappé Lagranerie ?

R. — Non.

Suc Charles. — Quand j'ai vu que l'on se battait devant chez Fel, j'y courus. Je vis Cassan par terre. Un étranger lui donnait des coups de pied. Il y en a qui prétendent que Contensou a frappé Cassan, çà c'est faux, c'est un étranger.

Justin Amblard, 41 ans, sabotier à Maurs. — Il n'a pas assisté à la bagarre, aussi sa déposition est elle insignifiante.

Clément Martignac, de Maurs. — J'étais chez mon coiffeur quand on m'apprit qu'on se battait. Je courus voir. J'aperçus Cassan qui se battait avec d'autres, avec Lafont notamment. Les pieds lui ont glissé sur le pavé et il est tombé. J'ai été chercher les gendarmes et le maréchal-des-logis est arrivé.

Me Maziol. — Lafont avait-il quelque chose à la main ?

R. — Non.

Antoine Roumine. — N'a pas vu Lafont frapper.

Cassagne Antoine, cordonnier, pense que son ouvrier Lafont n'a pu prendre de tranchet chez lui ce jour-là, parce que lui, Cassagne, avait les clefs de l'atelier.

Bersagol Félix, de Maurs, certifie qu'il n'a pas vu Bos frapper qui que ce soit. Il est allé chercher les gendarmes.

Eloi Peyrou, de Maurs, certifie que M. Bos a toujours prêché le calme.

Antoine Noyne, 36 ans, négociant à Maurs, tient du gendarme Bos, que Canet Pierre a déclaré ne rien savoir de la bagarre ; or, il accuse Bos, lequel est incapable de donner un coup de poing.

Antoinette Fel, épicière à Maurs. — J'étais avec ma mère

quand sont arrivés ces messieurs du banquet Fesq. Ils ne menacèrent pas du tout Mme Fel. Ils se contentèrent de crier: « Vive Fesq, vive la République! » Mme Fel leur cria: «Venez ici, voyous, apaches ». M. Fel se lança sur un individu et le gifla. Puis il rentra chez lui. J'ai entendu également Bos lui dire : « Fel, tu devrais mettre la paix ».

J'ai vu Lagrancrie par terre. On le battait encore et il était couvert de sang. Mme Fel, du reste, avait distribué des couteaux, j'ai vu les lames.

D. — Ils étaient ouverts?

R. — Ah! je ne sais pas. (On rit).

Me Maziol. — Ce n'est pas contradictoire. On peut voir la lame d'un couteau fermé.

Auzelet Antoine, conseiller municipal à Aurillac. — Le soir, après le banquet, j'ai vu mon ami Bos, garçon très calme, au café. Je lui ai conseillé de se rendre auprès des autres groupes d'amis afin d'éviter des incidents qu'on ne prévoyait pasmais toujours possibles. Bos m'a obéi et est sorti·

D. — Avez-vous vu Louis Bos, frapper ?

R. — Il est incapable de donner un coup de poing, comme moi. Mon indignation a été grande de tout ce que j'ai vu.

Courchinoux, naturaliste préparateur, à Aurillac. — J'étais au banquet, j'ai tout vu de la bagarre, excepté le début.

D. — Avez vous vu Louis Bos?

R. — Oui, je me suis approché de lui quand j'ai vu qu'il y avait 20 individus autour de lui. J'ai crié: « Arrêtez-vous, ou je m'en mêle ».

D. — Avez-vous vu Bos frapper quelqu'un ?

R. — Non. J'ai même dit : « Il passe pour un courageux, il ne l'est pas.»

D. — Avez-vous vu tomber Cassan ?

R. — Oui.

D. — Qui l'a frappé ?

R. — Je ne sais pas.

Mme *Marie Fel*, née Garriche, 39 ans, mercière à Maurs. C'est la mère d'Antoinette Fel. Elle fait une déposition analogue à celle de sa fille. Elle certifie énergiquement que les manifestants n'ont en aucune circonstance menacé Mme Fel mère. Elle vit M. Fel s'élancer sur un homme portant binocle et le frapper. Pas plus que les autres, elle n'a vu M. Bos porter des coups.

Il est 4 h. 1|2, l'audition des témoins est terminée.

LES INCULPÉS

Roques Louis, boulanger à Maurs. — On lui reproche d'avoir eu, le 10 juillet, un revolver à la main ; il nie le fait.

Fel Antonin, maire de Maurs. — On lui reproche d'avoir donné des coups à deux personnes.

« J'ai agi, dit-il, en état de légitime défense. Quand j'ai vu ma mère entourée, menacée, j'ai perdu mon sang froid ; j'ai frappé d'une gifle, rien que d'une gifle M. Duché.

« Qui n'aurait pas fait comme moi ? Si c'était à recommencer, je ferais la même chose. »

Lafont, cordonnier. — On lui reproche d'avoir frappé Cassan de plusieurs coups de tranchet. Il nie le tranchet, mais avoue lui avoir donné un coup de poing.

Bos Louis, mécanicien. — On lui reproche d'avoir frappé Piganiol.

— C'est absolument faux, dit-il. C'est moi qui ai été frappé et j'ai été chercher la gendarmerie. J'en appelle au témoignage de Fel.

M. Fel. — Quand je l'ai vu venir vers moi avec ses grands bras, j'ai cru qu'il voulait me frapper.

M. Bos. — Et je n'ai fait que lui dire : « Fel, rétablis la paix ». Mon rôle est bien net et bien simple.

Senilhes Joseph, cordonnier, ex-facteur intérimaire. — Accusé d'avoir frappé plusieurs personnes, notamment le capitaine Cordonnier, il le reconnait. Il nie avoir frappé Labrunie et sa femme. « Je les ai poussés seulement » dit-il.

D. — Vous étiez très surexcité puisque vous avez dit à M. Réniac : « C'est toi, mon vieux Réniac ».

R. — Je ne le connaissais pas. Je n'ai pas pu lui dire cela.

Couffin Camille-Hilaire, tailleur à Maurs. — Il est accusé d'avoir frappé Lagranerie avec un parapluie. « Je me suis défendu seulement », dit-il.

D. — Comment ?

R. — Oh ! avec le parapluie.

D. — Vous avez joué des poings.

Canet Antoine, 33 ans, cordonnier à Maurs. — Il est inculpé d'avoir frappé Lagranerie et Labrunie Il soutient le contraire. Il était au café Paillot. Le coup de Lagranerie lui a été porté par un étranger, lui a-t-on dit. Il n'a jamais quitté ni Vieil, ni Rieu. Personne n'a pu le voir frapper.

Boudou Justin-Baptiste, cantonnier à Maurs. — Il est accusé d'avoir frappé Lagranerie. Il nie. Il n'a pas quitté le trottoir de M. Fel. Il n'avait rien à la main.

Contensou Frédéric, condamné trois fois pour coups et blessures.

Le Président lui fait observer qu'il n'est pas précisément un ange de douceur. On lui reproche d'avoir frappé Lagranerie et Labrunie. Il nie et prétend n'avoir frappé qui que ce soit. Lagranerie est bien venu vers lui, le poing levé, mais il s'est contenté de l'éloigner.

M. le Procureur. — Avant le 10, vous avez dit à un

nommé Brandallat « dans quelques jours nous frapperons plus fort ».

Me Maziol. — C'est Senilhes qui a tenu ce propos.

Ballut Louis, soldat, dit que les témoins qui l'ont accusé d'avoir frappé sont des menteurs. Lui seul dit la vérité.

D. — Mais vous avez avoué que vous aviez frappé avec votre couteau fermé ?

R. — Mais non.

Marie Lissorgues, 35 ans, c'est une accusée volontaire. Elle prétend avoir giflé Mme Labrunie qui le nie et déclare avoir été frappée par Senilhes.

— Non, s'écrie t-elle, ce n'est pas Senilhes, c'est moi qui l'ai frappée.

RÉQUISITOIRE

A cinq heures, M. le Procureur prend la parole.

Mon impression du matin, dit M. le Procureur, a été sur beaucoup de points modifiée par l'audition des témoins. Il est certain que la bagarre fut grave et sanglante et que la responsabilité de M. Fel est démontrée.

M. Fel a porté le premier coup : c'est indéniable. Ce coup a déchaîné la rixe : c'est non moins certain. M. Fel peut-il invoquer l'excuse de la provocation ? Dans une certaine mesure, oui ; mais non dans une grande mesure.

Sa mère n'était point en danger, n'était pas menacée par la foule. Elle a été injuriée et de cela M. Fel a pu s'offenser ; toutefois, il ne devait pas oublier que maire et gardien de l'ordre, il avait le devoir étroit de ne pas céder à une impulsion.

Me Faure. — M. le Procureur, vous ne pouvez pas retenir cette circonstance que Fel était maire pour aggraver sa faute : ceci regarde une autre juridiction.

M. le Procureur. — Il est vrai, mais puisqu'on invoque

l'excuse de la provocation, je ne puis m'interdire d'examiner les motifs d'ordre intellectuel, si je puis ainsi dire, qui auraient dû inciter M. Fel à ne pas céder à la violence.

M. le Procureur fait un récit des événements d'où il tire cette conclusion que M. Fel n'a jamais été sérieusement provoqué et que sa mère ne fut aucunement en danger.

Donc la culpabilité de M. Fel est établie; elle ne doit être diminuée que de la part de violence et d'excitation que jettent, dans l'esprit de l'homme, la passion politique et la soudaineté des circonstances.

M. Bastide s'en prend ensuite à Lafont qui, dans la bagarre, a porté le coup le plus grave. Lafont a déjà comparu devant ce tribunal pour injures à la gendarmerie; il a le geste prompt et il adore la bataille.

Ce qui aggrave cette fois son cas, c'est qu'il a frappé Cassan avec un tranchet. On a essayé d'établir le contraire; mais les témoignages recueillis dans le sens affirmatif sont trop nombreux, trop fermels et trop sincères pour que le doute soit possible. Donc Lafont doit être condamné sévèrement.

De Lafont, M. le Procureur passe au nommé Senilhes.

En dépit de ses apparences falotes, celui-ci prit à la bagarre la part la plus active. C'est lui qui donna les coups les plus violents, les plus nombreux, sinon les plus graves : le capitaine Cordonnier, notamment, reçut de cet individu deux coups de poing qui lui mirent la figure en sang.

Contensou est, de toute la bande, le plus fort et le plus redoutable. Il ne recule devant rien et en impose par la terreur qu'il inspire. Il a déjà subi trois condamnations pour coups et blessures et, néanmoins, il a été choisi par M. Fel pour remplir les fonctions de cantonnier municipal. Ce qui amène M. le Procureur de la République à dire :

« Je suis vraiment étonné que le Maire de Maurs recrute ses employés municipaux parmi les gens qui ont des casiers judiciaires si copieusement ornés. »

M. Fel encaisse mais ne bronche pas : il est sage aujourd'hui comme un écolier au pain sec.

De Battut (le militaire), M. le Procureur retient qu'il

frappa avec un couteau fermé dans la main et qu'il mentit, au cours de l'instruction. « comme un arracheur de dents ».

Après un mot bref sur les autres inculpés. M. le Procureur aborde le cas de deux autres prévenus à l'égard desquels sa conviction n'est pas faite : Mlle Lissorgues et M. Louis Bos.

Mlle Lissorgues affirme qu'elle a frappé Mme Labrunie qui, elle, déclare l'avoir été par Senilhes !

Quant à M. Louis Bos, le ministère public convient que sa culpabilité n'est ni étendue, ni peut être bien établie.

LES PLAIDOIRIES

Plaidoirie de Me FAURE

L'avocat de M. Fel se lève et dit : « Si je devais me borner à invoquer le bénéfice des circonstances atténuantes, ma plaidoirie ne serait pas longue, je n'aurais qu'à m'en tenir aux déclarations du ministère public ».

Mais, je demande d'avantage : j'ai la prétention et l'espoir de vous démontrer que M.Fel doit être acquitté,et il doit l'être parce qu'il fut provoqué et parce qu'il fut en état de légitime défense.

Il fut provoqué. Oh ! je trouve naturel que les amis d'un candidat l'accompagnent au banquet qui doit, dans un canton voisin, célébrer une victoire commune à tous les électeur d'un arrondissement....

Mais faut il que ces manifestations soient organisées avec quelque prudence. Or, les amis de M. Fesq avaient fixé la date de leur banquet au dimanche qui précède le 14 juillet et qui, de tradition constante, est adopté à Maurs pour la célébration de la fête nationale. Le choc des deux manifestations était donc inévitable. Et à ce banquet, qui avait on fait venir ? Des ouvriers d'Aurillac, dont quelqu'un avait payé l'écot et le voyage, dans la pensée d'utiliser leurs poings le cas échéant.

Toutefois, ce ne sont là que des imprudences : mais ce qui est plus grave, c'est que la foule des manifestants s'est livrée à des violence de langage et d'attitude qui, seules, ont causé tout le mal. Les témoins vous l'ont dit : la rue était occupée par quatre-vingt manifestants au moins ; tous ces gens-là, après les excitations du banquet, criaient, gesticulaient, injuriaient M. Fel et ses partisans. A un moment même, les manifestants sont devenus tout à fait menaçants ; ils ont envahi le trottoir de la maison Fel, ont entouré la mère de M. Fel, l'ont criblée d'injures et lui ont tendu les poings ; 10, 20, 30 poings, plus peut-être. A ce moment, le spectacle est émouvant ; une étincelle, un rien peuvent déchaîner cette foule en ébullition. Vous savez, Messieurs, ce qui est arrivé à propos d'une femme qui portait une jupe-culotte....

« Je vous le disais ; Il est arrivé un moment où la foule a été si menaçante pour Mme Fel que des témoins l'ont crue en danger. C'est alors que M. Fel est sorti vivement, s'est avancé des plus rapprochés des manifestants, en a giflé deux et, sur la prière de ses amis, est rentré chez lui.

« Quel homme, quel fils n'eut fait comme M. Fel ? Quel fils eût supporté que sa mère fut menacée, outragée, sans se sentir poussé à la défendre ? Qui oserait dire que M. Fel n'a pas obéi, dans cette circonstance, au plus impérieux de ses devoirs ? Qui oserait lui reprocher d'avoir oublié qu'il était maire pour se souvenir qu'il était fils ?

« J'ai donc le droit de dire que M. Fel a été provoqué de la façon la plus formelle dans la personne de sa mère.

« Ce n'est pas tout. Je vous ai dit que M. Fel avait été en état de légitime défense. M. Faure donne une longue définition de la légitime défense, définition dont l'essentiel est que le droit de se défendre naît, non pas seulement après le coup reçu, mais encore lorsqu'il y a possibilité de danger.

Or, dit M. Faure, lorsque M. Fel s'est avancé vers les manifestants, les poings tendus vers sa mère se sont levés sur lui ; mais avant qu'ils ne se fussent abattus, Fel avait frappé, — frappé pour se défendre.

M. Faure développa cette idée et conclut en demandant l'acquittement de M. Fel.

Plaidoirie de M⁰ MEYNIEL

M⁰ Meyniel goguenarde. Il feint de croire que la bagarre du 10 juillet n'a jamais existé que dans le cauchemar de quelques journaliste enfiévré. Le 10 juillet à Maurs, on échangea des chiquenaudes, rien que des chiquenaudes accompagnées de quelques horions !

Eh ! M. Meyniel, que n'étiez-vous à Maurs, le 10 juillet ? peut-être eussiez-vous, ce jour-là, trouvé le spectacle émouvant.

La défense de Mlle Lissorgues donne à M⁰ Meyniel l'occasion d'exercer plus heureusement sa verve et de même la défense de Couffin.

Celui-là est accusé par plusieurs témoins d'avoir frappé. Il a si bien frappé que le manche de son parapluie s'est rompu et l'un des tronçons, celui resté au mains de l'assaillant, a paru, au yeux de certains, être une canne à lance : c'était là une erreur. M. Meyniel n'insiste pas.

Il termine par la défense rapide de ses autres clients coupables à des degrés divers, mais innocents comme des anges, d'après M. Meyniel.

Plaidoirie de M⁰ MAZIOL

C'est le tour de M⁰ Maziol.

Le débat prend aussitôt une physionomie animée : on ne tousse plus, on ne se mouche plus, on ne bruisse plus dans la salle, on écoute avec une attention sympathique.

M⁰ Maziol défend à la fois Louis Bos et Lafont.

M. Louis Bos est accusé d'avoir asséné un coup de bâton à Piganiol et un coup de parapluie à la sœur de ce dernier.

Lafont est accusé de s'être armé d'un tranchet de cordonnier et d'en avoir frappé Cassan. Ceci est grave, comme on le voit.

Comme à son ordinaire, Me Maziol se montre pressant, habile, véhément.

Mes confrères, dit il, ont pris le soin, apparemment superflu, de rappeler que le rôle d'avocat ne s'abaissait jamais au rôle d'accusateur. Je ne sais par quelle préoccupation secrète ce langage inattendu est inspiré, mais je sais bien que si l'on veut, au nom de certaines obligations morales de notre profession, m'interdire d'attaquer celui qui seul doit porter devant la justice, comme il la porte déjà devant l'opinion, la responsabilité des incidents du 10 juillet, je dis que si mes confrères ont poursuivi un tel but, ils seront déçus.

Oui, j'affirme que M. Fel seul a déchaîné la bagarre sanglante ; que sans lui rien de ce que nous déplorons ne fût arrivé, et que mes clients ne seraient pas à ce banc ; j'affirme que M. Fel ne peut donner, de sa conduite en cette circonstance, ni justification ni excuse.

On n'a pas osé répéter ici ce qui fut beaucoup écrit dans la presse radicale, au lendemain de la bagarre, à savoir que la présence des Aurillacois à Maurs avait légitimé les violences dont ils avaient été victimes. On a évidemment prévu la réponse à ce méchant argument et on l'a évitée. Mais je m'en voudrais de ne pas rappeler qu'en 1898 M. Fel organisa, lui aussi, un banquet en l'honneur de son candidat et qu'il ne se fit aucun scrupule d'y appeler des Aurillacois ; qu'en 1910 même, en pleine fièvre électorale, il emmena à Maurs des politiciens d'un autre département et qu'enfin ses propres amis, un peu plus tard, lui offrirent un banquet où étaient conviés, non seulement les Aurillacois, mais encore tous les départements et Paris !

Et puis, dites moi, chers confrères, y a-t-il au banc des accusés un seul Aurillacois ? J'y vois de vos gens, je n'en vois pas des nôtres.

De tels faits sont trop manifestes pour prêter à interprétation et à ratiocinage : c'est pourquoi on ne s'est pas exposé à les voir rappeler ici. On a mieux aimé altérer, défigurer la physionomie des événements du 10 juillet pour les faire tourner à l'avantage de M. Fel.

Et pour cela faire, on a convoqué à l'audience et à l'instruction des témoins complaisants : les yeux en larmes, la voix sanglotante, ces gens sont venus renouveler devant vous les manifestations de l'angoisse où les avait plongés le péril couru par Mme Fel, angoisse si sincère que, derrière moi, on n'a pu s'empêcher de rire. Vous avez vu des témoins venus de camps adverses ; sans les connaître, vous avez aisément distingué les uns des autres et vous les avez classés ; à leur seul accent, vous avez compris qui apportait la vérité nue et qui la vérité trop vêtue Eh bien ! Je défie quiconque a lu l'enquête, quiconque a entendu les témoins, de dire que Mme Fel a été un seul instant en danger et qu'il y a eu, pour son fils, nécessité d'intervenir.

M. Ducher, avec une sincérité impressionnante, et après lui, M. Jules Bouquier, Mme et Mlle Fel, sont venus attester que le groupe des manifestants qui stationnait devant chez Fel était peu nombreux, qu'il occupait, non le trottoir, mais la rue, qu'il préférait des cris, mais ne menaçait ni Mme Fel, ni personne ; que les poings tendus et le drapeau menaçant n'ont existé que dans l'imagination des témoins... mettons troublés ! Et tout cela est certain, vraisemblable d'ailleurs.

Et alors, comment expliquez-vous le geste furieux de Fel qui frappe violemment deux hommes dont l'un au moins ne disait rien ? Vous ne l'expliquez pas, ce geste déplorable ? Moi, je l'explique bien simplement M. Fel, qui est un impulsif, irrité de l'insuccès de son candidat, n'a pu supporter les vivats de ses heureux vainqueurs : il a voulu les mâter, se venger, et, dans une poussée de fureur et de rage, a frappé bêtement, méchamment. Après quoi.. il est rentré chez lui, tandis que son exemple portait des fruits amers.

M. Fel est venu vous dire que son geste avait été irréfléchi et suggéré par la situation périlleuse où il croyait sa mère Si vous voulez être édifiés sur la sincérité de cette explication, souvenez vous d'un fait qui est avoué par Fel lui même : Louis Bos arrive sur le champ de bataille aussitôt après que Ducher a reçu de Fel un coup de poing : « Je t'en prie, s'écrie Louis Bos, fais ton devoir, calme les partisans. »

Pour toute réponse, Fel envoie un coup de poing à Bos. Est-ce que Bos menaçait la mère de Fel? Est-ce que Bos menaçait Fel ?

Ouvrez encore le dossier de l'enquête ; prenez la

déclaration faite par Fel huit jours après la bagarre, vous y lirez ces lignes stupéfiantes : « J'ai voulu frapper Louis Bos : mais je l'ai manqué ; *je le re-gretle vivement.* »

Et voilà l'homme, le pacifique qui ose invoquer la provocation et la légitime défense ? C'est, avouez le, se moquer de la vérité avec impudence.

Mais plus Fel cherche à justifier sa conduite, plus de mauvais prétextes il recherche, — plus il montre à quel degré il est devenu soucieux des responsabilités encourues. Ces responsabilités sont, en effet, lourdes, et c'est miracle qu'elles ne le soient pas davantage.

Mes confrères se sont efforcés de vous représenter la bagarre du 10 juillet comme un incident banal de lutte électorale : ils n'ont rien voulu savoir du sang versé, des têtes assommées, des citoyens emportés chez les médecins et les pharmaciens, des femmes même frappées dans l'excès des fureurs et la confusion de la lutte ; ils ont osé dire que rien de grave ne s'était passé ; à les entendre, l'incident aurait été un peu vif, mais purement verbal ; il y aurait eu des coups de langue, mais pas de coups de pied, de poing, de canne, d'instruments divers.

À la vérité, nous sommes à huit mois des événements ; on a laissé aux blessures le temps de se cicatriser. Mais si les blessures sont guéries, le souvenir de la lutte sauvage et sanglante, sans précédent en ce département, est resté vivant dans les esprits : il a été fixé d'ailleurs dans l'enquête. Le tribunal connaît et il sait, par suite, combien conviennent peu à ces douloureux événements les termes lénitifs dont mes confrères ont usé pour les décrire.

Aussi bien l'homme qui les a déchaînés doit-il supporter le poids de toutes les fautes commises avant qu'il ne retombe sur les épaules des auteurs directs. M. Fel, maire, avait le devoir de prévenir toute collision et c'est lui qui jette les adversaires les uns contre les autres : loin de rester sur le terrain pour réparer les conséquences de sa faute, il se réfugie chez lui, à l'abri des coups ; tout à leur aise, l'ouragan, la folie brutale se donnent cours. M. Fel n'y est plus ; à d'autres les coups ! Et, ainsi, le gardien de l'ordre est devenu l'artisan du désordre.

Si grande est la faute de M. Fel que je serais

tenté d'excuser les belligérants. Mais si l'on ne peut aller jusque-là en ce qui concerne les amis de M. Fel, on ne doit pas hésiter à admettre cette indulgence pour Louis Bos et même pour Lafont.

Voyez combien la conduite de ces deux concitoyens est différente de celle des amis de M. Fel.

Ces derniers ont préparé leur coup ou du moins ont prévu la bagarre. De nombreux témoins ont rapporté des propos dans le genre de celui-ci : « Le 10 juillet, il y aura du sang versé. » ou encore : « La bagarre de la foire n'a rien été à côté de ce que sera la journée du dimanche. » Ou : « Les Fesquistes auront leur compte le 10. » Ou enfin : « Le sonneur des morts aura du travail lundi. »

Mes deux clients, eux, n'ont rien prévu ; vous allez vous en convaincre.

Louis Bos est ce géant pacifique dont la loyauté et la dignité simple vous ont certainement impressionnés en sa faveur. En toute circonstance, il a prêché la paix. Le jour même de la bagarre, au banquet, il avait parlé avec insistance de mutuelle tolérance et de réciproque estime. Le lendemain de l'élection du docteur Fesq, il avait empêché ses amis de se livrer à des manifestations et de planter un arbre, afin d'éviter des incidents : le maréchal des logis Girard vous l'a dit et ce gendarme n'est pas suspect de tendresse pour Louis Bos.

Suivez Louis Bos pendant la bagarre : il est avec M. Auzelet au café Vaissière. M. Auzelet l'engage à se rendre au café Vanel pour empêcher tout incident (rien à cet instant n'a éclaté). Docilement, Louis Bos se met en route. Et c'est alors qu'il entend les premiers cris.

Il accourt sur le lieu de la dispute : Fel vient de frapper Ducher. Lui, le géant aux puissantes mains, frappe-t-il, vocifère-t-il, engage-t-il la lutte ? Non, il aborde Fel et lui dit : « Tu manques à ton devoir ; tu dois faire respecter l'ordre ; contiens les partisans ; je calmerai les miens. » A cette supplique, Fel répond par un coup. Aussitôt la bande d'énergumènes à la solde de Fel se jette sur Bos, le frappe et l'étend à terre. Louis Bos, revenu de sa surprise, se relève et c'est en se dégageant que, par mégarde, il frappa d'un coup de parapluie Mlle Piganiol.

Sorti de la bagarre, Louis Bos va requérir la gendarmerie sur l'influence de laquelle il compte pour rétablir l'ordre que M. Bos ne croit pas alors aussi sérieusement compromis. Et c'est fini de la participation de M. Bos à la bagarre.

Voilà l'homme qu'on a inculpé !

Examinons maintenant de plus près les actes imputés à M. Louis Bos.

Me Maziol se livre à un examen détaillé des circonstances auxquelles M. Bos fut mêlé Personne n'a vu que M. Bos eût frappé Piganiol. Celui ci dit : « J'ai été frappé d'un coup de bâton, mais je ne sais par qui » Le témoin Canet dit : « J'ai vu Bos frapper à coups de bâton, mais je ne sais qui ». Mlle Piganiol dit : Je n'ai pas vu Bos frapper mon frère, mais il a dû le frapper car j'ai reçu de Bos un coup de parapluie au moment où je me portais auprès de mon frère. »

Ce n'est pas tout. D'après Piganiol, celui ci a été frappé au milieu de la rue. D'après Canet, l'homme que frappait Bos était renversé au coin de la halle.

Enfin, Mlle Piganiol qui était près de son frère au moment où Bos l'aurait frappé, dit que ce dernier n'avait qu'un parapluie, alors que, d'après Canet et Piganiol lui même, l'agresseur de Piganiol était armé d'un bâton.

Me Maziol tire habilement parti de toutes ces contradictions et finalement conclut qu'aucune charge n'est relevée par l'enquête contre Bos et réduit à néant une accusation que d'ailleurs le procureur de la République avait presque abandonnée à l'audience.

Le cas de Lafont est plus sérieux et plus délicat. Lafont reconnaît avoir porté à Cassan un coup de poing. Mais il nie s'être armé d'un tranchet.

D'après le certificat médical, Cassan a été frappé au visage et au sommet de la tête. Cette dernière blessure a été faite par un instrument tranchant.

Or, explique Me Maziol, ces deux coups n'ont pu être portés l'un et l'autre par Lafont. Tous les témoins sont unanimes à dire que Cassan est tombé sous l'unique coup de Lafont.

Si ce coup avait été porté avec un tranchet, comme le dit M. le Procureur, Cassan aurait eu le crâne défoncé et pas seulement le cuir chevelu sectionné superficiellement.

Quels témoins affirment que Cassan a fait usage d'un tranchet ? des enfants et une femme dont le moins qu'on puisse dire est qu'on ne doit accueillir leurs affirmations qu'avec réserve.

D'honorables et nombreux témoins, notamment M. Martignac, dont la sincérité ne peut être mise en doute, attestent qu'ils n'ont rien vu dans la main de Lafont, au moment où il assénait le coup de poing.

Ainsi, il est invraisemblable et il n'est pas vrai que Lafont a usé d'un tranchet. En tout cas, il y a au moins doute très sérieux et le doute doit bénéficier à Lafont.

Lafont est un honnête garçon. La gendarmerie de Maurs vous l'a dépeint sous de mauvaises couleurs ; mais vous savez le degré de confiance qu'on doit avoir dans les assertions des gendarmes de Maurs. (Ni le Président, ni le Procureur ne protestent). Je n'insiste pas.

Je livre au tribunal le sort de mes deux clients : l'un est certainement innocent, vous l'acquitterez. L'autre n'est coupable que de violences, vous le traiterez avec indulgence. Vous vous souviendrez que, s'il a été conduit sur ces bancs, c'est par la faute d'un homme qui, ayant toutes les raisons de maintenir l'ordre, a mis toute son application à fomenter et déchaîner la bagarre. Vous vous direz que sans la violence du maire de Maurs, aucune des violences que vous avez à réprimer n'aurait été commise.

—————⋊•⋉—————

LE JUGEMENT

Après ces débats, le tribunal a rendu le jugement suivant :

Attendu que de l'instruction à laquelle il a été procédé à cette audience, il ne résulte pas de charges suffisantes contre : 1o Bos Louis ; 2o Canet Antoine ; 3o Couffin Camille-Hilaire et 4o Lissorgues Marie, veuve Couly, d'avoir, le 10 juillet 1910, à Maurs, commis le délit de coups et blessures ;

Qu'il échet de prononcer le relaxe de ces prévenus sans dépens.

Attendu, au contraire, qu'il résulte de cette même information, que Roques Louis, était le même jour et au cours de la rixe, porteur d'un révolver de poche, arme prohibée, qu'il l'a exhibée à un témoin, lequel l'a sagement invité à remettre dans sa poche une arme aussi dangereuse ;

Qu'elle a été aperçue dans ses mains par d'autres personnes ;

Que les dénégations du prévenu, de même que les témoignages contraires, ne sauraient infirmer des déclarations aussi formelles que positives ;

Qu'en ce faisant, Roques a contrevenu aux dispositions de l'article 314 du Code Pénal ;

Attendu, en ce qui touche Fel, Lafon, Senilhes, Contensoux, Boudou et Battut, qu'il est constant qu'ils ont commis le délit de l'article 311 du Code Pénal qui leur est reproché ;

1º Que Fel reconnaît avoir frappé à la face avec la main ouverte le sieur Ducher et une autre personne ;

Que la blessure reçue par Ducher est sans gravité ; qu'il apparaît cependant comme certain qu'elle a été faite non avec la main ouverte, mais avec le poing fermé ;

Que vainement l'inculpé soutient qu'il s'est trouvé en état de légitime défense et que c'est uniquement pour protéger sa mère en danger qu'il est sorti précipitamment de son magasin et qu'il a porté les premiers coups ;

Que l'on ne saurait retenir les circonstances de fait révélées par des témoins comme constitutive de l'état de légitime défense ;

Mais qu'il faut voir dans l'attitude hostile de la foule une atténuation de l'acte reproché au prévenu;

2º Attendu que Lafont reconnaît avoir frappé Cassan à la tête d'un coup de poing ;

Que la victime déclare au contraire avoir reçu trois coups du prévenu ;

Que plusieurs témoins affirment avoir vu celui-ci asséner un coup de poing à Cassan sur la tête, à la suite duquel il s'est affaissé ;

Que le certificat médical relève deux blessures sur le cuir chevelu, et une troisième sur la face ;

Qu'en présence de l'affirmation des trois témoins, Carrière, Espeysse et la veuve Sors, il n'est point douteux que Lafont était armé d'un tranchet de cordonnier long de 0,12 centimètres environ et qu'ainsi s'explique la forme des blessures du crâne ;

Que c'est évidemment un fait grave que de se

munir d'un tranchet et d'en faire l'usage révélé par les témoignages ;

3° Attendu qu'il est constant que Senilhes a porté des coups au capitaine Cordonnier, aux époux Labrunie et à Flège, sans aucune provocation de leur part, que le sang a même coulé ;

Que les blessures n'ont pas eu de suite, mais que l'inculpé a manifesté une surexcitation extrême, allant même jusqu'à menacer un témoin inoffensif, le docteur Réniac, de lui faire subir le même traitement qu'au capitaine Cordonnier ;

4° et 5° Attendu que Contensoux et Boudou, ce dernier armé d'un tronçon de hampe de drapeau, ont aussi porté des coups à Lagranerie et à Labrunie ;

6° Attendu que Battut a frappé Chapsal avec son couteau fermé dans la main ;

Qu'aucun doute ne saurait subsister sur ce point;

Que l'attitude de l'inculpé à l'instruction est à cet égard démonstrative ; qu'il a excipé d'un alibi reconnu inexact ;

Que le 17 juillet qui a suivi la rixe, il a été amené à reconnaître, malgré lui, les faits qui lui sont reprochés. au cours d'une conversation engagée à l'auberge avec d'autres témoins qui en déposent ;

Attendu qu'il convient de faire la part de l'émotion générale, et de tenir compte dans l'application de la peine du degré de culpabilité de chacun des prévenus....

Par ces motifs, le Tribunal relaxe Bos Louis, Canet Antoine, Couffin Camille-Hilaire et Lissorgues Marie, veuve Couly, des fins de la poursuite sans dépens ;

Déclare les autres prévenus atteints et convaincus du délit qui leur est reproché ;

Condamne FEL Antoine-Jean, à soixante francs d'amende ;

LAFONT Louis, à quarante-huit heures d'emprisonnement et cinquante francs d'amende ;

SENILHES Joseph, à cent francs d'amende ;

BATTUT Louis, à cinquante francs d'amende ;

CONTENSOUX Frédéric et BOUDOU Justin-Baptiste, à trente francs d'amende chacun ;

ROQUES Louis, à vingt-cinq francs d'amende ;

Les condamne en outre aux dépens qui seront supportés un septième à la charge de chaque prévenu, lesquels dépens sont liquidés à la somme de trois cent quarante-un francs, trois centimes ;

Dit qu'il sera sursis au paiement de l'amende qui vient d'être prononcée contre Fel Antoine, Sénilhes Joseph et Battut Louis, et à l'exécution de la peine d'emprisonnement qui vient d'être prononcée contre Lafont Louis.

RÉFLEXIONS

Les débats que nous venons de reproduire ont projeté de puissantes clartés sur les mœurs de la mare politique dont M. Fel est Roi.

M. Fel a organisé sa domination avec une minutie qui dénoterait une vive intelligence si le tyranneau n'avait eu, grâce à des complicités administratives, la tâche trop facile.

M. Fel a recherché, pour les réunir en ses mains, quelles chaînes rivent les citoyens au pouvoir. Une facile étude lui a fait découvrir que, peu ou prou, un « pays libre » peut être asservi par l'administration, par la justice et par la force brutale.

L'administration ne lui résista pas. Elle souscrivit à toutes les fantaisies de l'actif électeur qu'était Fel : on se moqua de la loi et des règlements, on jeta au panier plaintes et réclamations, on dédaigna les délibérations du Conseil municipal ; on pratiqua l'illégalité cyniquement, publiquement, effrontément. On rompit avec le régime des adjudications afin de permettre à M. Fel de « choisir » les fournisseurs et d'écouler, par une voie détournée, ses propres marchandises ; les virements de fonds devinrent une règle de comptabilité courante, grâce à laquelle M. Fel put appliquer les crédits votés à des dépenses extravagantes comme en témoigne la transformation de la mairie de Maurs en maison borgne ; les fonds publics furent encaissés par des moyens illicites et parfois confondus avec les deniers privés de M. le Maire ; des créances de la commune contre des amis *obligeants* de M. Fel restèrent au chapitre des « fonds perdus » jusqu'au jour où l'administration, mise en demeure par la presse, daigna se fâcher ; les agents furent contraints d'établir des rapports complaisants pour obtenir des fonds, ou autres faveurs dont M. Fel se vante d'ailleurs.... La liste des audaces administratives de M. Fel serait interminables si on osait sérieusement l'entreprendre. (1)

Maître des fonctionnaires, de leur sécurité, de leur avenir, de leur pain, il voulut le devenir de la justice.

La tâche ici lui fut beaucoup plus aisée qu'avec les fonctionnaires, lorsqu'il put obtenir que M. Carrière fût nommé juge de paix à Maurs.

***

Magistrat intelligent et appliqué, M. Carrière, ailleurs qu'à Maurs, eût été un juge de paix modèle. Mais au contact de M. Fel, sa mentalité se déforma et devint rapidement celle d'un valet, — un juge valet, le pire des fléaux !

Assuré par M. Fel de l'impunité, M. Carrière en vint à oublier les règles les plus élémentaires de la prudence ; il méconnut la loi sans détour et sans pudeur, afficha son servilisme. Un jour qu'il venait de prononcer une peine légère contre un délinquant ami de Fel, celui-ci se leva et se permit de juger trop sévère l'amende appliquée. Séance tenante, M. le Juge obéit et se déjugea ! Dire qu'aucune poursuite, qu'aucun jugement de simple police ne fut rendu sans l'avis préalablement requis de M. Fel, ce serait aller trop

---

(1) Un fait entre mille : on sait que M. Rigal demanda l'invalidation du docteur Fesq ; mais, ce qu'on n'apprit que plus tard, c'est que la pièce capitale du dossier d'invalidation, celle qui détermina le deuxième bureau à proposer l'invalidation de M. Fesq, était une attestation mensongère émanant de M. Fel. Le maire de Maurs avait osé affirmer, sur l'honneur, que les partisans du docteur Fesq avaient affiché un placard annonçant la révocation du Préfet.

Or, jamais une telle affiche n'avait été apposée.

M. Fel le reconnut lui même par une seconde déclaration qu'il signa *lorsque le Journal du Cantal eut annoncé que l'auteur de la fausse déclaration allait être dénoncé à la justice !* ..

Ces faits stupéfiants sont consignés à l'*Officiel* du 6 juillet 1910, page 2417, colonnes 2 et 3.

Ajoutons que des fonctionnaires avaient eu la faiblesse de contresigner le faux témoignage de Fel.

loin parce qu'on est dans l'impossibilité matérielle d'établir ce genre de concert. Sans cela...

M. Carrière, assuré de pouvoir tout faire sans risque, alla plus loin : il osa mettre son nom au bas de décisions rendues en faveur de ses propres parents. Un jour, il donna gain de cause à sa cousine, Mme C..., contre un sieur B..., par un jugement annulé en appel ; une autre fois, voulant faire invalider un acte important qui nuisait à son cousin N..., il prit l'initiative de faire passer pour dément l'auteur de cet acte. M. Carrière présida lui-même la délibération du conseil de famille ; mais le tribunal déjoua ses calculs.

Récemment, il donna, à tort ou à raison, gain de cause à un sieur R... Son jugement fut frappé d'appel. Aussitôt, M. Carrière prit le procès en mains, visita avoué et avocat et, comme le sort du procès était incertain, se rendit sur les lieux avec un praticien pour établir une photographie jugée utile aux débats. Tandis que les artistes opéraient, survint l'adversaire. Le juge se cacha, mais il sut qu'il avait été vu... et la photographie ne fut jamais « révélée ».

Nous avons raconté les incidents auxquels fut mêlé M. Carrière le jour même de la célèbre bagarre. Il osa s'écrier : « L'enquête établira que les Aurillacois ont été les provocateurs. » L'enquête a établi le contraire ; mais ce n'est pas M. Carrière qui l'a faite.

Ce n'est pas non plus la gendarmerie, ou si peu que rien.

***

Tout comme le Juge, les gendarmes sont au service de M. Fel.

Cette gendarmerie de Maurs est un sujet inépuisable d'indignation et d'étonnement.

M. Girard en est le chef depuis 7 ans. Il n'a pas dû résister longtemps aux sollicitations, aux promesses ou aux menaces de M. Fel. Il ne s'est montré jusqu'à ce jour rebelle qu'aux prescriptions de ses chefs et de son devoir.

M. Girard distingue deux sortes de citoyens : les amis fervents de M. Fel et ses adversaires. Les premiers sont à peu près assurés de l'impunité ; aux seconds, sont réservés les rigueurs de la loi et les rapports tendancieux. On assiste parfois à des scènes encore plus drôles qu'odieuses : voici deux cafés ouverts après l'heure ; le tenancier de l'un est frappé ; le tenancier de l'autre est épargné ou obligeamment prévenu.

Ne vous avisez pas de cheminer avec attelage sans lanterne, à moins que M. Fel ne vous protège ; sinon, garde à vous !

Surveillez avec non moins de vigilance votre langue et vos gestes en présence de M. Girard. Cet agent de la loi excelle à vous provoquer pour relever contre vous le délit d'outrages à sa respectable personne. Le pauvre M. Vayssière et Lafont en savent long sur ce sujet.

Un magistrat disait le 11 mars, en conversation privée : « On ne peut rien croire de ce que dit Girard » et il le qualifia sans charité. A l'audience du 11 mars, Girard a tenté d'abominables mensonges dont la salle entière fut témoin. Le président lui demandait pourquoi il avait laissé frapper M. Cordonnier, en sa présence, sans sévir.

— M. Cordonnier m'a fait des observations que je ne pouvais supporter.

— Que vous a-t-il dit ?

— Canaille, voyou, assassin

— Voyons, ce n'est pas à vous que le capitaine Cordonnier a tenu un pareil langage. Il a voulu sans doute parler des agresseurs

M. Cordonnier n'étant pas là, Girard avait imaginé de lui faire tenir le langage de Mme Fel mère. Mais le mensonge, crevé par le président, a expiré sur ses lèvres.

A l'audience du soir, Girard devait se signaler par deux nouveaux exploits.

Ne s'avisa-t-il pas d'accuser le docteur Réniac de faux témoignage ! Sur quoi d'ailleurs le président l'envoya prestement s'asseoir (1).

Et d'un et voici le second :

On venait de signaler, dans le prétoire, la présence,

_____

(2) M. le Dr Réniac a déposé une plainte contre Girard.

interdite par la loi, d'un témoin qui n'avait pas encore déposé, le sieur Piganiol, accusateur de M. Bos.

On demande à M Girard de rechercher Piganiol. M. Girard jette un coup d'œil circulaire, puis déclare qu'il ne voit pas le témoin signalé. Or, Piganiol était placé à côté de M. Girard !

On juge, par ces exemples, du degré de confiance que méritent les affirmations de cet agent assermenté. Mᵉ Maziol a pu le dire en termes pareils sans s'attirer une observation de M. le Président ni de M. le Procureur... Si M. Girard est capable de comprendre la signification de certains silences, il a dû blémir.

Mais on peut douter que M Girard ressente l'humiliation des reproches mérités. Sa conduite au cours de la bagarre du 11 mars est au-dessous de toute épithète. Il a assisté impassible et complice à la boucherie. Il ne s'est pas borné à une intervention tardive ; arrivé sur le champ de bataille, il se croise les bras. Les amis de M. Fel, armés et agressifs, ont l'avantage ; ils frappent sans risque ; M. Girard est content ; ce n'est pas le moment d'intervenir A M. Vayssière, à M. Bouniol, à M. Miquel, à M. Louis Bos, à M. Peylavy qui le conjurent de séparer les combattants, M. Girard répond par des menaces à l'adresse de ceux qui lui rappellent son devoir. M. Vayssière, on le sait, est allé, de ce chef, s'asseoir sur les bancs de la correctionnelle.

Au docteur Réniac, Girard répond : « Qu'êtes-vous venu faire ici ? Vous n'aviez qu'à rester à Aurillac. »

Au capitaine Cordonnier qui vient d'être frappé grièvement, par deux fois, sous les yeux de M. Girard, celui-ci tourne le dos !

Devant Roumégoux, M. Girard déclare à une victime dont le visage est ensanglanté : *On ne vous en a pas fait encore assez !*

Suivez l'interrogatoire des deux gendarmes cités à l'audience :

— Nous sommes arrivés au fort de la lutte.

— Vous n'avez reconnu personne ?

— Non.

— Vous n'avez assisté à aucune scène de brutalité?

— Si, mais nous n'avons rien remarqué.

— Rien entendu non plus ?

— Non plus.

Or, tous les prévenus sont de Maurs, trois sont des employés municipaux. les autres sont notoirement connus de M. Girard qui est à Maurs depuis sept ans: mais M. Girard n'a reconnu personne ; dix hommes ou femmes sont tombés sous les coups, plusieurs sont assommés, emportés sans connaissance ; M. Girard n'a rien vu ; — cent personnes crient, s'injurient, se provoquent ; M. Girard n'a rien entendu !

Comment se peut-il que les supérieurs de M. Girard, instruits par de multiples et publics incidents de la conduite scandaleuse de leur subordonné s'abstiennent de prendre les mesures que la discipline et l'administration de la justice commandent impérieusement? Comment se peut-il que ce complice, cet agent du désordre reste encore chargé d'assurer l'ordre ? Comment se peut-il qu'on laisse Monsieur Girard en contact avec des citoyens dont il provoque, par ses paroles et par ses actes, la juste irritation ? Pourquoi se refuse-t-on à donner satisfaction à l'opinion publique inquiète et indignée à la fois ? Qu'attend-on pour prendre des mesures contre un chef de brigade qui a méconnu la vérité en justice et refuse d'accomplir son devoir dans des circonstances graves ? Est-ce que les preuves de ces impardonnables défaillances ne sont pas assez péremptoires, assez authentiques ? Qu'on daigne donc ouvrir le dossier de la bagarre, sans plus : à toutes les lignes, M. Girard est accusé !

Il faut reconnaitre que les hésitations de l'autorité supérieure justifient singulièrement l'opinion que M. Fel a de lui-même : « Je suis mon maitre et le maitre; je me fous du Procureur et du Préfet ».

***

M. Fel est, au surplus, appuyé sur des bras vigoureux. Si la mission des gendarmes de Fel est tout expectante, celle de ses « aides » est d'une autre sorte. Ceux-là sont, à proprement parler, les défenseurs de l'ordre tel que M. Fel l'a inslauré. M. le Procureur s'étonnait, avec une certaine ingénuité, que M. Fel eût recruté son personnel municipal parmi des gens dont le casier judiciaire est garni de condamnations pour coups et blessures. Comme si Fel n'avait pas besoin, pour inspirer la terreur, source de sa force, d'auxiliaires que les rixes et les coups de main ne rebutent pas !

**

Ah ! c'est un triste et déshonorant spectacle que celui de cette tyrannie de M. Fel qui sévit sur une malheureuse population, après quarante ans d'une République qui a inscrit la Liberté comme son moyen, sa fin et sa gloire. Plus attristante et plus inexplicable encore est la résignation de ce canton, où les esprits sont en général si vifs et étaient, jusqu'à l'avènement M. Fel, si épris d'indépendance. Les historiens de notre temps, lorsqu'ils liront ces pages et les commenteront, se demanderont, non sans raison, si la civilisation n'avait pas, durant les années qu'a vécues le combisme, subi un recul en ce pays.

Nous souhaitons de tout cœur que la population de ce généreux canton de Maurs se ressaisisse enfin ; qu'elle reprenne le complet sentiment de ses droits et de sa dignité ; qu'elle voie de quel discrédit le joug de M. Fel la frappe aux yeux du département entier ; qu'elle se souvienne aussi de ses luttes ardentes pour la liberté et broie dans une étreinte décisive la main crispée mais débile qui s'est appesantie sur elle.

AURILLAC — IMPRIMERIE C. MITTERAND